U0578378

不写给世界只写给你

礼貌诗人

-著-

万卷出版有限责任公司
VOLUMES PUBLISHING COMPANY

图书在版编目（CIP）数据

不写给世界，只写给你 / 礼貌诗人著. -- 沈阳：
万卷出版有限责任公司, 2025.2. -- ISBN 978-7-5470-
6676-8

Ⅰ. I227

中国国家版本馆CIP数据核字第20241XV793号

出　品　人：王维良
出版发行：万卷出版有限责任公司
　　　　　（地址：沈阳市和平区十一纬路29号　邮编：110003）
印　刷　者：辽宁新华印务有限公司
经　销　者：全国新华书店
幅面尺寸：120mm×189mm
字　　　数：65千字
印　　　张：6.75
出版时间：2025年2月第1版
印刷时间：2025年2月第1次印刷
责任编辑：吴芮瑶
责任校对：刘　洋
封面设计：仙　境
版式设计：张　莹
ISBN 978-7-5470-6676-8
定　　　价：48.00元
联系电话：024-23284090
传　　　真：024-23284448

你好朋友 :)

这里有一些轻盈的诗
我喜欢它们
因为它们不是非写不可
也不是非读不可的
生活中的乐趣大概像这样
边走边看
轻轻地喜欢
晒太阳有不同的角度
今天也请暖洋洋

第一篇

没有"我不能"那就一切OK

第二篇

没关系　再想想

第三篇

请我好　也请你好

没有"我不能" 那就一切 OK

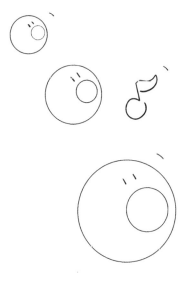

高烧

头痛

耳鸣

与合唱团一起

坐进夏天

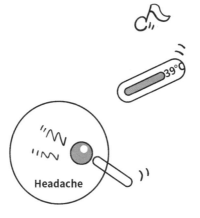

乐观的比喻

人生规划

我就打算这样去生活

做一朵花

但不以引诱为理想

做一朵上午的花

无比需要

阳光、水、氧气

望向世界

而不需要世界太多的声音

伟大的生活

看星星

"我想和你

看星星"

这样想的次数

比星星还多

泡泡

今天什么事都不想做

连泡泡

都是风帮我吹的

梦

雪

永是白色

恋爱、诚恳不经意间

接吻

海

为所有没见过它的人

咬住

蓝

嫉妒

幸福是寂静的

我说着话

嫉妒

没有声音的那个我

我不想跟你生活在

无数个想法和漫长的文字里

我想跟你旅行

指着火车尾部

分担世界的危险

跟你一起认识弯弯绕绕的河流

把掌心浸泡在温和之中

跟你做相同的梦

醒来在相同的未来

跟你一起买票、乘车、感冒、发烧、玩猫

跑步、争吵、和好、一千次拥抱

并聊起小时候

我真正想要的

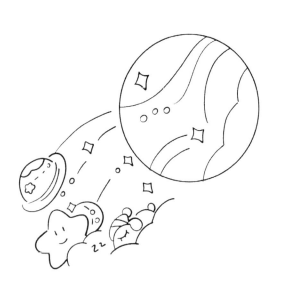

给失眠的人 ᶻᶻ

"以后怎么样"

想着会失眠

"宇宙怎么样"

一下就睡着啦

海

要是我躺下

并非一盆水打翻了

旁人会说

"是海"

想成为

那样辽阔的人

早安/午安/晚安

地球可真美啊

我对你说出口的"早安、午安、晚安"

全是我向它借的

我还想

我想爬上最高的山

我还想在半山腰玩几天

或是就那样快乐生活下去

我想呼风唤雨

我还想躲进一座小花园

吹吹风听听雨

我想永远有出息

我还想在打哈欠厉害的时候

不脸红不愧疚

说 "我要休息"

游戏

今天认识了一朵
明天才能认识的云

我很开心
走慢一点
不会失去什么

出门

今天阳光很强烈

误会自己

离地球很远

离太阳很近

要是换一个不热的天气

想变成叶子

真正喜欢我的人

会把我捡起来

其余时间

就躺着睡觉

太阳的理想

问太阳

今天的理想是什么

"按时下班"

"人类比我更需要夜晚"

你想去何处秋游

我总是特别想念秋天

在吃下第一个月饼之前

我笑自己近秋情怯

好似这一切即将发生

我特意打开窗户

不知它此时究竟有没有来

夏天的任何我都不曾带走

等待一个干净的秋

世界慢慢地

不再需要制冷

而后我们阅读、写作

分手在舒适的常温

等它真的到了，你想去何处秋游

去崇山背后小麦色的平原

还是去坐火车喝一丁点儿海边的啤酒

或者干脆丢了伞

自由地踩住

第一场秋雨

或者在黎明看一场电影

或者离开你的爱人，不再修补任何人

或者翻越栅栏，或者成为捞鱼人

或者发胖，或者掩埋自己

又或者摁下每一声不必要的

天蓝色脚踏车的尖叫

噢，多么矜持而又自大的秋天

自我介绍

我对着所有人

自我介绍

却只敢对着你

介绍自我

打盹儿的春

在春天睡大觉

等同于浪费时间

不在春天睡大觉

等同于

浪费春天

学费

请别来教我做事

已经花了太多钱

给爱和美食

没有钱再付给人类了

对视

不用一直斗志昂扬

垂头丧气的月亮

恰好

发现为她抬头的人

想一下

别想太高的山

也别想遥远的海

想一下

小狗微笑的模样

想想那种

光是想一下就会

快乐地快乐

你别怕

下雨就打伞

刮风关窗户

我是

跟恐惧讨论过很久

才决定爱你的

不

"我不愿意"

同样能够带来幸福

时光机

被窝是我的

一台不厉害的时光机

它能

带我去明天

也会抱住一整个我

和所有过去

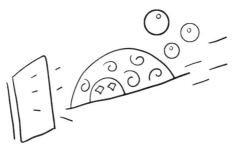

拥有

我想拥有你

但也想

你同时拥有风

拥有简单的清晨

轻松的梦

和刚刚好的下午

我想拥有你

但不想霸占你

两件事

我想和你聊一聊

快要过完的今天

然后一起准备

没有过过的明天

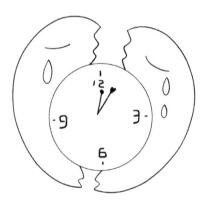

手表

手表坏了的人

无法在12点

准时到达钟表店

爱可能

也是这么一回事

月亮出门的时候

如果今晚有月亮

我们

就约在月亮出门的时候出门

如果今晚没有月亮

我们

就约在对方出门的时候出门

冬天也可以

我想坐在你旁边

在最冷的夜晚相遇

春天可以划船

可以期望，可以被爱

想问一次

冬天是不是也可以

月亮

我想和你
一起看月亮的时候
你可以不是优雅的
积极的、笑着的

我想和你看月亮
也想和你身体里的脆弱
灵魂中的渺小
到处走一走

气球

遇到喜欢的桃心气球

成年人许愿下次再见

只有小孩子才会问：

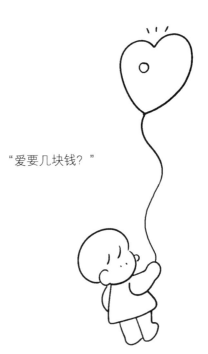

"爱要几块钱？"

拥抱

宇宙之中
最感性的
受力分析

种子

不开花

不结果

人们抓耳挠腮

算错花期

它兴奋地

枯萎了

好的，OK

卡拉OK

散步也OK

听劝OK

不听劝也OK

旷野OK

精神退休也OK

是我自己就OK

椰子

你总想要去海边

因为沙滩很美

因为海浪清脆

也因为你的心

干净又恰切

像一颗午后的椰子

朋友

我的朋友

有蓝色的、晴朗的、像星星一样的

爱狗的、养猫的、专注钓鱼的

我的朋友都不像我

我们是彼此在这颗星球上

最好的科普

小得盈满

阳光真舒服

往后打算

没贪心

不逞强

一口好吃的

就收买

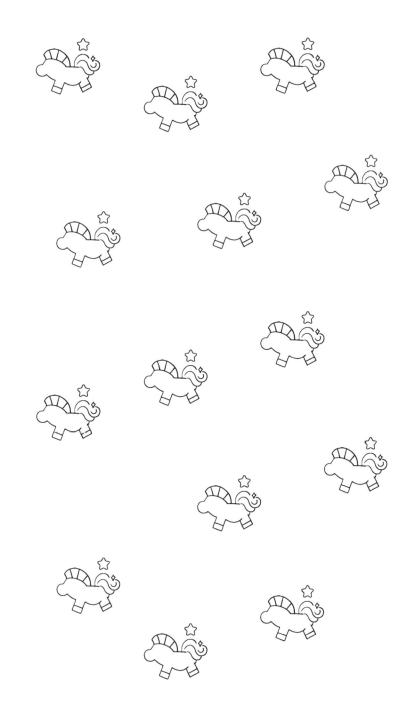

第二篇

没关系　再想想

灰

世界上的灰是脏的

但它还能为你写字

你是我生命中最干净的灰

你突然哭起来的时候

我身体"看"过的海都一下跑到你那里

为那些突然造访的牵挂

不在我们身边的故人

哭时不必抱歉

你是我最干净的灰

我是你最亲密的海

心愿节选

请给我

一些莫名其妙的爱

也让我

一直莫名其妙地爱

真理

长大的人

会碰到很多真理

"妈妈好好"

我小时候就知道了

我的食欲

我食欲很好

秋天吃板栗

冬天吃香芋

春天吃春笋

夏天快到了

真想吃掉我的食欲

阳光会来

太阳距离地球

约1.5亿公里

这里一定有什么

值得被照亮的地方

爱的迷津

你喜欢听声响

我就翻资料

逛网络

收集从小到大的重物

和它们搭伴在宇宙

故意地碎了

问题

"你之后去哪"

其实

你之后去哪都可以

速度慢一点也可以

我这样问

其实是想问

去哪可以再见到你

可持续

请别只爱春天

活着

是一件四季循环的事

春

冬

夏

秋

快车

我想打一辆快车

省下来的时间

慢慢

看日落

生活愿望

起床呼吸

像植物一样

不为人类的烦恼

为着地球的漂亮

摇头晃脑

冬天之前和我逛公园好吗

硬币在人们眼中

有正的反的

好的坏的

在我眼中

硬币就是硬币

有正的反的

好的好的

悄悄话

说什么都可以
开心的不开心的
人类发明了"悄悄话"
或许不用
自己骗自己

慢热的人

我常常希望

人和人

总是拥有第二次见面

一个早晨

太阳不用洗脸

白云没吃早饭

接受世界

比我早两个钟头天亮

我扔掉

盛开的入场券

做一个比蝴蝶更轻的鬼脸

我爱快乐轻松

不用故作深沉

真好

"新年快乐"的意思是

在长大的世界里

我还想要咬住一颗

会粘牙的糖

然后告诉你

今天是甜的

新年快乐

暑期日志

活过夏天

像洗衣机那样

抱住转圈

一起说：

"世界真干净呀"

花

如果种的花

还没开

说明我才是

要盛开的那一朵

什么是什么做的

早餐是电热元件

和昨晚待消化的食物做的

早晨的空气是月亮写作的手

拉上窗帘时产生的风做的

办公室是森林公园的平方根做的

工作是所有社交圈加起来

改编成的感恩歌做的

晚归是邻居的不在场证明做的

沙发是四十多行诗和一串污点做的

一天在一天里拔地而起

只有梦是我自己做的

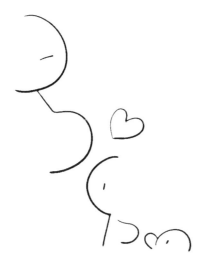

等待

温暖的人

会等等别人

请你也要

走到温暖的地方等

如果不是对你

横折弯钩，诗句的寂寞线条

如果不是对你

我无非是抱着一簇玫瑰花走到外面

如果不是对你

我以做论文的眼光看待一个蝴蝶结

如果不是对你

这样的我就是有很多习题要做的秋天

任由花瓣像纸片一样枯萎在马路上

没有力气对着小狗眨眼睛

我再也不可爱

长镜头

两块冰摩擦

会产生意想不到的热量

月亮却独自

站在宇宙的额头

那样高

每天都寂寞

那样空

月亮想得通

太阳的玩笑

今天世界很亮

街上的男孩子女孩子

都闪闪发光

我一抬头就像在白天

数星星

花的人生 ♪

好想当朵花啊

不用知道今天星期几

闭目养神

在喜欢的季节

舒展人生

房子

如果最终

还是没能买到一所房子

我就仰起头

跑到春天的地平线

沐浴

旋转木马

担心转一万圈

也不能遇见

所以我

从开始

就打算坐在你身边

酒

其实今天

其实明天

很难说出有什么意义

她只憋着笑

饮酒

在碗橱里

在烧烤摊

在手指比画的车辙里

在杏子

滚落下山坡的那一刻

告诉眼前人应该

跳舞的理由

邀请

宇宙齿轮里

好多人

只想邀请你

喝小酒睡大觉

再见

最后一面

不是最后一面

梦

替我们更新着

早自习

每天早晨醒来

宇宙孤寂如旧

我朝人群靠拢

却对人群

没什么兴趣

今天好

太热了太冷了

都不想出门

今天比较凉快

温度跟家里差不多

我决定到处走走

把城市当成家一样

落叶

今天从树上消失

生命中的叶子

想一出是一出

落下

是飘飘摇摇的

它在微笑

它在跟全世界炫耀

茄子

书上说

茄子是个快乐的词语

我想那是因为

它们本来就在笑

如果让一个伤心鬼碰上

不得不喊"茄子"的场合

那我想天底下没有一种蔬菜

能委屈得过茄子了

希望你下一次喊"茄子"

是为了笑得更快乐

而不是为了笑

火柴

我有两根火柴

一根照亮你

一根许愿：

永远照亮你

因为

发生时

慢吞吞

没有知觉

爱一消失

眨眼

我们就明白

馅饼

你许了一个愿望：

"天上掉馅饼"

他们都在笑

而我偷偷许愿：

"希望你能吃到"

我们可以一起放烟花吗

烟花绽放的时刻

她会流泪

但那不是伤心的眼泪

她小小的心

很幸福

赌气

夏天决定走回来

当人们不再

以"夏天"称呼别的人

坏习惯

人类先说

"我爱你"

再说

什么时候执行

或者

什么也不说

一切

一切不认识的人从我面前走过

都是你对我的另一种陪伴

一切突然停住下落的背影

都使我在意你的鞋带有没有松开

一切美丽胜过春天的花朵

都使我默念你的名字而高兴一阵子

一切骗人的繁杂的爱情理论

都使我怀疑过往的自己浑然不知爱情

一切明亮胜过灯火的厨房

都使我听见你咀嚼食物的声音

并非来自你的一切

冲破全世界的氧气来到我身边

告诉我你暂时不在这里

第三篇

请我好　也请你好

送花

送你花的那天

看了花一眼

好像没有结果

再看了你一眼

我依然开心送了

给今天取名

我把眼睛睁开

今天就是星期一

我把眼睛闭上

今天就是一个梦

再想想

此刻有此刻的问题

没关系，再想想

有再想想的答案

透明

夏天吹过的

每阵风

都抚平一个

透明的故事

没读完的章节

安静了好几个

夏天

老师

我不再说
"我懂了"
带着困惑往前走
世界不必再做
我的老师

万有毅力

一千年前

宇宙并不知道

能拥有我

它一定

很会坚持

一点心意 ♡

我随时可能

变成一阵风

决定去爱

或者晚点去爱

都是我给世界的

一点心意

荡秋千

我问小时候的自己：

"怎样才能飞起来"

她说：

"紧紧抓住

你喜欢的东西"

聊天

我想和你聊天

想和你聊

不大可能的事情

以及

不大可能

跟别人聊的事情

序

望向海时

人的心中也有岛屿

不断拍打着

敏感摇曳

雀跃平静

月亮

我很开心

有办法见到你

陆地尚未驯服我的每个夜晚

我都在为你捡起落水的月亮

庆祝

每次伸懒腰时都在想

是我

先拥抱世界的

多么大方的人啊

于是这样想着

庆祝了一整天

天座

多余

每个人都拥有

对世界来说

多余的东西

想了又想

多余不是没用

只是没用过

模仿不达人

我学其他人

叼起笔头

看天叹气

不像抽烟

像小狗

我的爸爸

爸爸嘛

是遇到世界末日也会用自己性命

保护我的人

不是每天问我

"睡眠怎么样"

"快不快乐呀"

这样的人

世界末日

好像只有一次

每天

其实很多的

考验

她搬进

死胡同的末端

用长路

考验来者敲门的决心

她有一点遗憾

她不爱小镇上的勇者

而爱一颗

胆小鬼的心

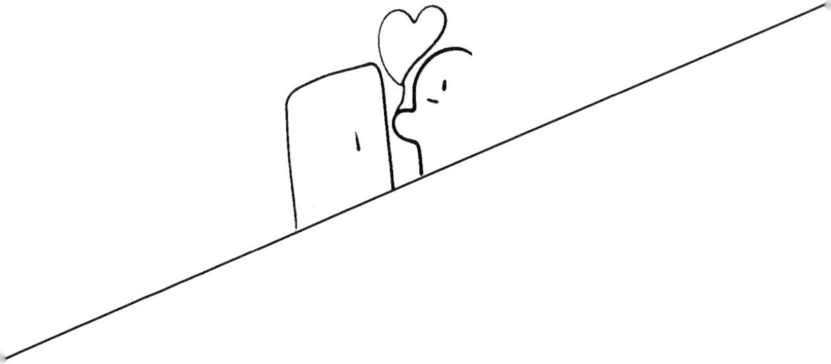

一半

友谊，是梦见你的一半

在多数人梦见完整的时候

我只说出"你好"的一半

想让路过，比"一半"更长久

我几乎想象到你敏感的一半

担心小橘子不能永远站在树上

我很想牵住你双手的一半

纷纷落下那一半的静电

你是一半岛屿，我是海洋的一半

你不能忧愁地忘掉一半

独自去破解

那些摇摆又说谎的事物

小小

我喜欢的生活

是小的

可张开手臂抱它

是满的

昵称

想
是无名的
拥抱
是身体被染蓝
爱
创造各种的吻
吻
不全是爱创造的
你
是你的全称
我
是你的昵称

晚安与线索

人睡着后

会去到另一个地方

如果说了"晚安"

就向对方透露一点点

"你会去哪"

问题

爱睡觉的人

每天都能睡一觉

不爱起床的人

每天都得

起床

梦的条件

星期天的梦很有趣

因为有的人

我得睡两觉

才梦得到

马拉松

一直往前跑的小孩

鞋带开了

妈妈说：

"没关系，快回来"

可是妈妈

鞋带开了的小孩也不能

往回跑

祝你夏天快乐

也许最喜欢你

才走进人海

然后释怀

七条有用

坏天气时，好心情有用

真情流露时，简单的"哇"有用

感到吃力时，换种食物有用

没有思路时，出门走路有用

没兴趣社交时，稳定的兴趣爱好有用

人生很短，无数的三分钟热爱同样有用

第七条不确定，但有用

如果地球上的我们不能在一起

"嗞——咚——嗡嗡嗡——"

你听，她写了首多美的情诗。

（一）

宇宙是颗冻橙子

像冰激凌蛋糕那样化掉

我看见他的那天

星球已是万亿再万亿

全世界的人都在交谈

无数邮箱沙沙作响

人们却各自轻伤

彼此这样，一夜擦肩

无论什么钟声响起

我都想私下与他通信

谈谈纸媒时代的恋爱

和不断向上的广告语

（二）

在我们所处的时代

在酒精、烟混淆你的成分之前

我想和你去火星上散步

在火星上

你伸出你的右手

一个什么都不懂的机器人

也伸出它的机械臂

这一场与地球断联的牵手

美学地

在火星上散步

我想知道这世纪可有一人

要做你心上的探测器

如果那个人是我

亲爱的

不要自毁，让我软着陆

我要在一片空旷中了解你

也要在沙尘里给你拥抱

不想去考虑

电池与寿命问题

在你呼吸处

我的居住最适宜

（三）

你是足够小的存在

我爱你

你是你的百分之一百

你比这个世界

更慢一些

我爱你

他们都是旧的

你不太能喝酒

我爱你

当你腼腆地摇晃

夜更深了

你是最柔软的步子

未拆封的太阳

是蓝天默默

春的私章

说到底，我爱你

列车员的信

我亲眼看见雪花

在束起窗帘的时候飘过去

轻薄得如手中的纸片

承着降落雪山之外的孤单在飞

我亲眼看见原野

漫天的草絮抓住一节车厢的尾巴

紧紧地怎么也不放手

驶过海洋的那天奔向水中喂鱼

我分明记得一年生四季

却也亲眼见着四季在一日

亲眼见着载满金叶和落果的车厢

在穿过隧道后铺满厚厚的积雪

我亲眼看见损坏的轨道

亲眼看见撕碎的信纸被扔出车窗

亲眼看见烧得通红的蜡烛

在一声叹息后灭于黑暗

我亲眼看见许多座城市的路牌

亲眼看见好多个故乡

我分明记得地图上的某一角

却怎么也无法亲眼看到

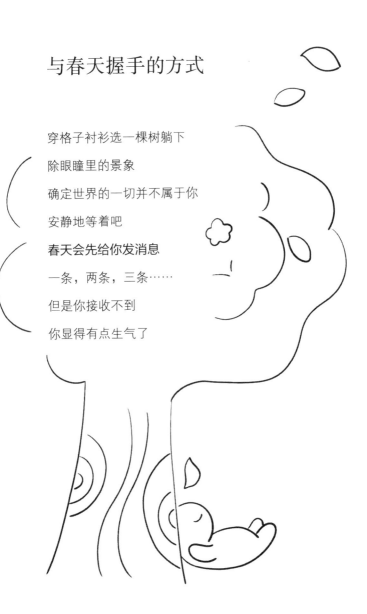

与春天握手的方式

穿格子衬衫选一棵树躺下

除眼瞳里的景象

确定世界的一切并不属于你

安静地等着吧

春天会先给你发消息

一条，两条，三条……

但是你接收不到

你显得有点生气了

闭上眼不看她

温热的阳光缓慢旋转

风中掉下柔软的事物

一片叶子，在衣袖边立定

喏，春天主动握了你的手

二十二

当你走上山坡

掌心

涌出微汗

我希望

你不要停下

仔细听你的呼吸

在岩石上起伏

那是，你心跳的外露

你是孩子，你的一生

命运在宇宙的腹中缠绵

有时停电，有时张灯结彩

你要认识它们

却不要被它们兜住

你所珍爱的

没人能使你们分开

你要在年轻时真正去爱

去交谈，去关怀

爱本身是种治疗

哪怕是在最坏的一天

你的精神，在一点点消散

在内心里感应

才能够

一点点收回

单独一人时

你要因飞奔而得到安宁

那些绷带，那些缺氧的诗

我希望你不要恨上它们

当你患上了大人的感情

可能不再讨论，远走高飞

你要学会握他们的手

像抚慰地球上的另一些孩童

你是皮肤与骨骼构成的

你要爱护你的身体

你是二十二年的想象构成的

你也要体谅你的灵魂

冬天的秘密

想告诉你一些冬天的秘密

干燥的被窝

炖香香的汤

冻手的夜晚我们查看地图上

哪座城市有烟花

和下不完的雪

小猫小狗穿上毛衣

人们对着月亮烤火

想告诉你一些冬天的秘密

除了天气冷

冬天也藏着许多

温暖

春天爱过掉光叶子的树

如果心脏是热的

我也可以试着

去爱那些不完美的事物

掉光叶子的树

要走很久的小路

在周而复始的开端之中

偏爱一些名字

和迷路的人

今天是周一
雪山在杯子里融化
人类
喝下泡温泉的梦想
对抗困倦
今天是周一
我真想陪你听雨
讨论
雨来地球的说话方式

' ' ' ' ' ' '

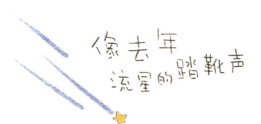

像去年
流星的踏靴声

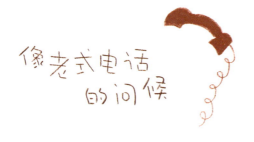

像老式电话
的问候

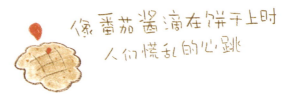

像番茄酱滴在饼干上时
人们慌乱的心跳

今天是周二

走到半途开始回想

"究竟有没有关灯"

草履虫总是没有这样的烦恼

以小时计算的生命

是不是

什么都不能开始呢

‧ ‧ ‧ ‧ ‧ ‧ ‧

不能列周计划
不能做第二天以外的约定
不能许生日愿望

于是把全部的勇气交给"现在"
如果是这样的话
我现在想做的
似乎比草履虫更多一些

今天是周三
我的昨天没有你
不想你

、、、、、、

就像一颗石头
　　不被击碎
　　　像小鸟的飞行
　　　　不会堵车
　　　　像说谎的鱼
　　不会眨眼睛

今天是周四
浅色的阳光把你的名字拉长
澳大利亚海岸线那么长
山洞里
一个世纪那么长

，，，，，，，

比宇航员对地球的想念还长
长到晚饭之前我都念不完你的名字
长到我忘记关心其他人

今天是周五
听着雨声画画
绘画很幸福
画不好的人也被允许画
🎩黄色
★天蓝色
干净的颜料
一场水洗

` ` ` ` ` `

用假装不懂它的语法
画一只刺猬
因为
"你明白我"

是一只刺猬说不出口的话

今天是周六
很多事还没有想好
但想好了
今天多睡一会儿

· · · · · ·

周一严谨

周二聪明

周三？幽默

周六最像我自己

也许明天没有成就

但我还有一点幸福

星期天 ☀

今天是周日
想
不动脑子
就发生一些好事

˙ ˙ ˙ ˙ ˙ ˙

一只毛毛虫 从前我最怕的东西

现在与它擦身而过

竟获得幸福的滋味

我躲进

透明的梦的气泡

沙滩

和湛蓝的天空

暂时

就到这里啦

祝你想起一两件往事为今天平添喜悦

祝你每天都找到乐观的比喻

祝你喜欢明天

:)